二〇一二

與魔鬼的契約

關昫——著

目錄

天羅地網

天羅地網

歲次壬辰閏五月

夏天剛到；這附近除了戴斗笠外，大概只有那棵老榕能遮陽。阿貴光著腳走在路上，似乎沒甚麼感覺，反正只要把這些撿完，阿公就會讓他跟鄰居玩；阿貴的爸爸說什麼都不願意種田，覺得太辛苦，又要看老天爺臉色，加上哥哥被抓去當兵，到現在都不知道是生是死，還不如去外面闖闖看。雖然現在政府重新和小佃農打契約，要繳的田租也沒那麼重了，但幾年前收成不好，阿公向大佃農借了一些錢，以應付一家人的生活所需，並說好以後用收成的穀物來償還，所以田裡的事就要有人幫忙做；阿貴的媽媽沒生病之前都是她幫阿公的。阿貴就快小學畢業了，阿公雖然也很希望他能繼續唸書，但田裡的事，阿貴不做，就沒人能幫他做了。

「阿公，我撿完了。」阿貴興奮地指著成堆的牛糞跟阿公說阿公是個老實的農人，田裡若有重要的事要做，都會先看黃曆。春耕、夏耘、秋收、冬藏……什麼時候該做什麼事，都會依照黃曆上的節氣時序。雖然是靠天吃飯，但他總覺得人有人應該做的事，只要努力做好，總是會得到老天爺的眷顧。所以他常訓炳彰不要好高騖遠，眼高手低。

阿公早年喪偶，全靠他自己幫人家種的這些田把孩子養大。好不容易大兒子能分擔一些工作，卻被日本人徵召去南洋，到現在都還下落不明。可是擔心也沒用，日子總要過下去，而且向人借的錢也還沒還，當然就希望炳彰能到田裡幫忙；他也知道炳彰個性浮浮的，所以就請人幫炳彰物色對象，看炳彰會不會收斂一些。淑美是一個好女孩；心很細，手很巧。她和炳彰剛結婚時，看到阿公忙不過來，就會過去幫忙。她個子不高，但有時候她扛的東西卻比自己重上好幾倍。阿公看到很心疼，就會罵炳彰。炳彰要是在家，自己也會不好意思地去幫忙，可是他大部分都不在。有一天，阿公看到炳章又閒在那邊，還抽菸吃檳榔，阿公氣得大罵：

「你說要去闖闖看，結果闖出什麼？你吃的飯是人家辛苦種的，你不會覺得見笑嗎？現在還學會呷菸呷檳榔……」

炳彰聽了很不耐煩，回說：

「對啦！呷檳榔介不好，講到賭博哇著氣，講到呷菸哇火就著，按捺哩滿意呀乎？」說完掉頭就走了。阿公聽了直搖頭嘆息，喃喃自語：那會攏學一些有的沒有的！？

阿貴出生後，炳彰就更少在家了。他一直在想如何才能快速致富，所以賭場也變成他經常出入的地方；淑美起先也不知道，但看到炳彰常回家找錢，心裡就有底了。淑美這一兩年身體變得很不好，看了中醫，說是婦人病，不容易根治，淑美也就沒放在心上。可是阿公好幾次都看到淑美痛到在地上打滾，就不忍心再叫她做那些粗重的工作，反正阿貴也長大了，可以幫爸媽還有阿公分擔一些農事了。淑美雖然長期不適，但手總沒停過：草鞋、竹籃竹簍、簑衣……編得又快又好，連隔壁村的都來看她的手藝，因此就多了一些收入可以補貼家用，並希望阿貴能繼續唸書，當然這只是她自己心裡的想法。

「天羅：泛指辰宮，在此因陰氣將盡，而陽氣尚未全出，混沌不明，彷彿處在陰陽交織的羅網中……」老師讀著手中的書，時而閉目思索，時而振筆疾書。桌上堆著滿滿的書，因為書架早就不夠用了，走到茶几還要先繞過地上的那幾堆書塔。

「老師，能不能麻煩你……」門口的人手拿著一封信，恭敬地站在那，說：「我兒子寄信來，可不可以請你……」老師放下筆，小心地繞過幾堆書，然後走向門口。老師接過信，然後說：

「嗯……你兒子說……」

「他這幾年有賺一點錢，等時局穩定後他就會回來看你，叫你不用擔心……」

小鎮上的人都知道老師讀很多書，雖不至上知天文下知地理的程度，但也總能為人解惑，何況是讀信、寫信。當初老師唸師範學校時，心裡總是不那麼平靜，雖然畢業後不愁沒頭路，但在學校總受日人的歧視，而且時局的變化，也讓他感覺自己被壓抑著，所以讀書就漸漸成為他生活的一部分，希望能在書中的世界找到另一扇窗。只是，和哲學思想有關的，他都會保持距離。如果真遇到能吸引他的，就把其他書的封面和封底移過來，以避人耳目。除了這個以外，讀其他書倒是滿愉快的。最近他還迷上風水，不，嚴格來說是五行。他發現人就像一個小宇宙，有金木水火土，和大自然的金木水火土是互相呼應的。風水、算命都只是旁支末節。古人觀察五行的特性還延伸為人的五種德行：

「夫五常之義，仁者以惻隱爲體，博施以爲用；禮者以分別爲體，踐法以爲用；智者以了智爲體，明叡以爲用；義者以合義爲體，裁斷以爲用；信者以不欺爲體，附實以爲用。其於五行，則木有覆冒滋繁，是其惻隱博施也；火有滅暗昭明，是其分別踐法也；水有含潤流通，是其了智明叡也；金有堅剛利刃，是其合義裁斷也；土有持載含容，以時生萬物，是其附實不欺也。」

「『情，人之陰氣，有欲嗜也。性，人之陽氣，善者也。』『性自內出，情從外來，性情之交，間不容系。』『東方性仁情怒，怒行陰賊主之；南方性禮情惡，惡行廉貞主之；下方性信情哀，哀行公正主之；西方性義情喜，喜行寬大主之；北方性智情好，好行貪狼主之；上方性惡情樂，樂行姦邪主之。』『故曰：五性居本，六情在末。情因性有，性而由情，情性相因，故以備釋。』」

有一次，衛生所的官員要來鎮上的學校宣導衛生與保健，就請瑞南陪他一起去。這位官員是瑞南的同學，兩人平常難得見面，所以順便敘敘舊，聊一聊；老師則負責接待長官，並解說學校目前的情況。當長官和校長在寒暄時，老師也和旁邊的瑞南閒話家常：

「是哦，你有這麼多書喔……」瑞南聽了十分羨慕，因為他除了自己專業的醫療書籍外，平常沒什麼機會接觸到其他領域的書。在他知道老師有小說、歷史、佛學、風水……這麼多不同的書後，心裡為之嚮往

「很多都是唸師範學校時在舊書攤找到的，錢大部分都花在這上面了，哈哈……」

「歡迎我去參觀嗎？」瑞南小心地問。就像小時候看到糖果，要媽媽說可以才敢動。

「歡迎呀！我就住在學校旁邊……」

「有空我一定會去看看的！」瑞南興奮地說

這天下午，病人都看得差不多了，瑞南跟美娟說他要出去一下，叫她先把門關上，等他回來再開。美娟聽了有點驚訝，但也沒多問，只提醒他

要早點回來。不久，瑞南走到學校旁的平房，看到老師抱著一疊作業簿正要回家

「啊，醫生今天怎麼有空？」老師抱著作業，邊開門邊問瑞南

「沒有啦，趁現在沒什麼病人趕快過來看看……」瑞南有點不好意思地回答。然後跟著老師走進這矮矮的平房，看見裡面只簡單地分成兩個部分：一邊是塌塌米，上面放了枕頭被子；另一邊是茶几配上五張椅子，之後有一張大書桌。桌上疊滿了書，只留中間放了盞燈和一些文具。老師坐的竹椅後面就是牆，一整片牆的書架，大概有六、七層高吧！書架上放滿了書，大書桌旁也堆了五疊高高低低的書。

「醫生，你先坐一下，我倒個水給你喝……」

「喔，謝謝……」瑞南漫不經心地回答，眼睛一直看著書架上的書。

一會兒，老師看了瑞南一眼說：

「那些書很多都是從大陸來的，有些跟政府過來的人，為了養家就把

帶來的書賣給收舊書的……」老師把水杯放在茶几上，然後走到瑞南旁邊說：

「所以很多書在這裡很少見。」

瑞南拿了一本，自顧自地翻了幾頁。

「可以借我回家看嗎？」瑞南問

「可以呀，你慢慢看，等你有空再拿來還就好。」老師答

「好，那我先跟你借這本。」瑞南在書架上拿了一本《文藝春秋》，而不是剛剛翻的那本。診所的工作忙碌，有時三更半夜都還有人要看急診，小鎮就這一家診所，瑞南也不忍拒絕。所以就想借本沒有壓力的書，希望能在工作之餘讓自己放鬆一下。

「我要先走了，謝謝你王老師！看完就會拿來還你。」說完，瑞南就走向門口

「你真的不再坐一下？」老師還真想和瑞南聊書的

「診所只有我太太在，我怕待會兒有人要來看病。」瑞南解釋說，接著就揮手道別，快步走回家。

美娟本來是不用來診所幫忙的。原本那位護士也很不錯；但在上個月，一個喝醉酒的人，手被酒瓶割傷，被朋友送來診所。她在為他做包紮時，居然被當作酒家小姐，不但「小姐」「小姐」叫個不停，還想抱她親她

「我不是小姐，小姐都在酒家裡……」她只好正經地跟病人說並伸手阻擋

「那不叫妳小姐，要叫什麼捏？」說著，手就要伸去摸她的臉

嚴正的抗議卻換來更無情的戲弄。她只能偷偷掉淚。等那些人離開，她就跟瑞南說：「以前我在大醫院工作，工作時間長，從沒準時下班過，因為光交接班就至少要一小時，薪水還只有住院醫師的三分之一，也沒有比這裡多。但是，從來沒像今天這樣……被人欺負……」話還沒說完就泣不

成聲。瑞南聽了只是靜靜的。其實這些瑞南都知道，只是那群人絕不是什麼善男信女，又喝了酒，所以就趕快處理完，讓他們離開。後來就跟美娟商量，讓她先來診所幫忙。畢竟丈人爸在這個小鎮也算是有頭有臉的人，那些人就算沒把醫生放在眼裡，也多少會顧慮丈人爸在小鎮的影響力。

瑞南原本住在小鎮旁的城市，他們家在當地也算是望族。只是時局動盪，家族生意難做。後來瑞南出生沒多久，他父親為了家計就跟著船四處漂泊。沒想到他父親工作的那條船在一次意外中沉沒，父親音訊全無，家裡頓失依靠。媽媽只好四處打零工把瑞南養大。所以從小到大，瑞南都是對媽媽言聽計從，不敢稍有違逆。因為他知道他是媽媽唯一的希望和依靠。瑞南也很爭氣，唸書的成績都是前幾名，而且不輸給日本人。唸醫學校就是媽媽的意思。因為媽媽覺得醫生地位高，賺錢又容易，既然能唸就去唸吧。不過，瑞南倒不覺得當醫生很輕鬆。他一直記得，他在開刀房實習，當主任助手時的景象：摔器械，而且動不動就亂罵人，完全就不是主任平常那和藹可親的樣子。亂罵人，大家忍一忍就算了；可是器械消毒後，只有一組會送進開刀房，你摔在地上叫大家怎麼辦？壓力呀，病人的生死由你決定，壓力不大嗎？一檯刀站十幾個小時是很平常的事，賺那些錢不過是剛好而已。

後來遇到丈人爸來醫學校門口挑女婿，說是娶他女兒就幫瑞南自行開業。瑞南回家問媽媽。媽媽覺得瑞南很會唸書，條件很好，所以不願意讓瑞南入贅，而且她只有這一個兒子，如果對方堅持要入贅，就請他們去找別人。不久，兩方家長溝通後決定：娶美娟然後在小鎮開診所。

「黃添貴，等一下下課後到辦公室找老師。」下課鐘響前，老師趁學生都還在教室時，交待了一聲。

下課後，老師回到辦公室，看著擺在桌上的成績單

「報告！」一個清脆的聲音在辦公室門口響起

「我要找王老師！」

「進來。」老師沒抬頭，繼續翻著學生的成績單

「老師您找我？」阿貴喘噓噓上氣不接下氣的，跟其他活潑愛玩的小朋友一樣，都把學校當作樂園。

「再過幾天就是畢業典禮，你的成績很好，確定不繼續唸初中了嗎？」

「我很想唸，可是……可是……」阿貴不知道該如何回答。爸爸一天到晚都看不到人；問媽媽，媽媽什麼也沒說，只是低頭編著她手中的東西；問阿公，阿公就直接說：「如果連你也去唸書，家裡就沒人能幫忙種田，我們就會沒飯吃。」大人的事阿貴不是很懂，他只知道沒飯吃很嚴重。老師也大概知道阿貴家的情況，現在只是要確定阿貴的想法。

「老師想去跟你的家人談一談……」老師就問了阿貴的幾位長輩什麼

時候會在家，然後就很快地約好要去的時間。

黃昏真的很美，灑在田裡的餘暉很有層次的排列著，也隨著太陽慢慢西下而有不同的變化。雲接著紅了；原來陽光不只照著大地，也照著天空，也照著雲，也照著我們。

阿公知道老師等一下要來，但還是把田巡了一遍才回家；淑美在家已經把裡裡外外都整理過了，在吃飯的方桌上還擺了一盤熟透的番石榴，這是剛剛叫阿貴去前面院子摘下來的。至於炳彰，淑美有跟他提過，但不知道他是不是還記得。

學校旁邊是一大片稻田，阿貴家離學校不遠，位置都在小鎮的邊邊。走過這片稻田再越過一條大水溝，就能看到阿貴家。老師帶著一些書，緩緩地走著。天還沒黑，大水溝裡的魚，都還清晰可見。抬頭一看，阿貴正

向他揮手

「老師！」

「媽，老師來了！」阿貴隔著曬穀場向屋裡喊著。老師沿著灌木叢慢慢的走；一排灌木夾雜著木麻黃、竹子，還有幾棵營養不良的檨仔、蓮霧、番石榴……，走到缺口處看到左邊有一片空地。這時，淑美正好走出門口

「老師你好，呷飽沒？」淑美親切地問

「呷飽了，恁免客氣啦！」老師回答。然後跟著淑美進到大廳。說是大廳也只不過是這土角厝最大且位置居中的一間；大廳後面是一小片空地，淑美常在這曬衣服，再後面是阿公住的地方。淑美和炳彰和阿貴則住小空地的右邊，她們住的地方是用磚頭砌成的，這是當初淑美要嫁過來時才蓋的，不然以前也是稻草、泥巴和牛糞混在一起砌成的牆。前面土角厝和磚頭厝相接的角落是灶腳。灶腳中間有一張大方桌，一家人都在這吃

飯，也是阿貴寫功課的地方。

「老師，請坐。」「阿貴去拿水果給老師吃……」淑美雖然不識字，但對客人是很細心周到。阿貴端上水果不久，阿公就洗完澡走出來了。淑美一看到阿公出來，就靜靜的坐到一旁，繼續編她的東西。

「老師呷水果，嘜客氣喔！」阿公說著，便順手拿一個給老師吃

「多謝，我自己來。」老師拿起一顆黃綠色的番石榴，咬下去……哇！還滿甜的。這顆比雞蛋小，又不好看的番石榴，還真的不錯吃。

「這拔仔是三十幾年前從南洋來的品種，平常沒什麼照顧就長成這樣……」阿公意有所指地說

「我這個孫子都要感謝老師平常的關心和照顧，今天還麻煩老師來我們家。唉！我年紀也大了，不像以前一次可以扛兩百斤這樣走，所以我們家需要有人來幫我做事……」

「那阿貴的爸爸呢？」老師問

「別說了。他出去就像失蹤，回來就像撿到一樣。整天都看不到人，真的不知道他在想什麼……對了，妳有跟他說老師今天要來嗎？」阿公說著說著就轉頭問淑美

「有哇，我有跟他說過。」淑美回答阿公，可是她頭抬也沒抬，一直專注她手中的工作。

「說實在的，我也很捨不得，孫子這麼小就要做這些粗重的工作，可是我也沒辦法，全家人都要吃要穿要用啊……」阿公無奈地說

「我懂你的意思。可是小孩子就是希望，他如果能繼續唸書，將來就可以用他學到的知識去工作，這樣你們以後才會過得更好更輕鬆。」老師試著說服阿公。阿公心想：將來？現在都快過不下去了還將來！不過阿貴如果真能靠唸書找到好頭路的話，那我們以後就不用再看那些地主和大佃農的臉色了。田租說漲就漲，高興漲多少就漲多少，好像只有他們要養家，別人都不用。可是阿貴現在還這麼小，等他唸完書找到好工作，不知

道還要多久？而且欠人家的也都還沒還……，阿公越想越煩，不知該如何是好。最後就只好跟老師說：

「老師不好意思，明天田裡還有很多事要做。我先去睡了，你再坐一下啦！說不定阿貴的爸爸馬上就回來了……」阿公說完就慢慢走回房間。

老師問了淑美一些田地的事

「我們的田有一半和政府打契約，另一半還是種人家地主和大佃農的田，因為他們不願意把田交給政府管理，所以這一半我們要交的田租還是和以前一樣。我是有聽人家說政府要直接把地放給小佃農種，只是這種好事不知道什麼時候才會輪到我們……」淑美說

「應該快了吧……」老師在辦公室有聽到同事在聊。因為這在農村裡是一件大事。但老師還是比較關心小朋友的教育問題。

「日本人在要離開台灣的前幾年，有定一些政策希望學童能接受義務

教育。現在的政府也是這樣。這表示大家都覺得小孩是大家未來的希望，所以要他們多唸書、多學習，將來才有能力貢獻給國家社會。」老師把教育的目地簡單地說給淑美聽。淑美聽了，什麼也沒說。因為她知道這個家是阿公在作主，雖然她也不想阿貴這麼小就要去做田，可是現實是殘酷的，她也無法改變什麼。老師看淑美沒說話，就問阿貴：

「你將來長大想做什麼？」

「我想當醫生幫媽媽治病，然後賺很多很多錢讓大家都有飯吃！」阿貴天真地回答

「可是要當醫生很不容易耶，要唸很多書喔！你想當醫生又想賺大錢……嗯，當牙醫會比較適合。因為人體內的器官最多不超過三個，可是牙齒卻有三十二顆……」老師說。阿貴聽了有些茫然，因為媽媽是肚子痛，不是牙齒痛。而且他如果牙齒痛，媽媽會把一條線的一頭綁在牙齒上，另一頭綁在桌腳，桌子輕輕一動，牙齒就掉下來了，也不會痛很久

啊！就在阿貴要弄清楚當醫生和賺錢之間的關係時，炳彰悄悄從灶腳走過來。其實，他早就回來了，只是一直在灶腳外面徘徊，想等老爸回房休息後再過來。一方面是不希望和老爸起爭執，讓老師看笑話；一方面是要讓淑美知道，他在外面打拼到現在才回家。

好幾次，淑美問炳彰的工作，炳彰都說是大事業，要女人別管那麼多。加上炳彰拿過幾次錢回來，淑美也就沒再過問了。其實炳彰在賭場是贏過幾次錢，但錢總是來得快去得也快，揮霍一陣也就沒了。所幸他心裡還有這個家，知道贏了錢要拿一些回來。不過他輸的時候比較多。他口袋空空時就去吃路邊的流水席；如果沒有流水席就去宮廟裡拿人家拜拜的供品果腹，常常都是有一頓沒一頓的。所以剛剛一回來就到灶腳找東西吃。淑美發現炳彰拿回來的錢並沒有很多，有時還比自己編東西賺的少，只是為了炳彰的面子和自尊，也就沒再說什麼。所以當炳彰回來說要錢去投資做生意時，淑美心裡就決定自己手邊一定要留一點錢。

「黃先生你好，我姓王，是阿貴的班導師……」老師看到炳彰走過來，連忙起身向前握手致意

「你好你好，老師請坐……」

「我今天來是為了阿貴唸書的事。阿貴在學校的成績很好，如果沒繼續升學實在很可惜……」老師說出今天的來意

「嗯……這些事都是我太太在處理的……」炳彰邊說邊看著淑美，淑美聽到炳彰的話，抬頭看了炳彰一眼。然後又繼續編她手上的東西。老師看到這樣就說：

「我知道你們有你們的苦衷。現在大家日子都不是很好過，也不能要你們為了小孩就不要吃飯……」

「人就像太陽一樣，有升起也會有落下，有好運也會有壞運。大家都一樣，很公平。問題是……」老師後面這段話是對著炳彰說的。老師對炳彰在外之事也有耳聞。甚至在廟裡親眼看到拜拜的人都還沒離開，他就急

著拿供品吃。雖然他背對著香客大眾，但老師總覺得這身影很眼熟。直到剛剛炳彰從灶腳走出來，老師這才確定他就是阿貴的爸爸。

「當運氣不好時，我們該做些什麼？」老師帶著教訓的口吻

「就是要多學一些東西啊！或許現在用不到，但等到機會運勢來時就可以一展所長，到那時賺錢也會比較容易……」

「用旁門左道賺來的錢都守不住的；盲目地東奔西跑，還不如學一些本事在身……」炳彰聽了低頭不語。老師說完話就把帶來的書交給阿貴：

「阿貴，這些書對你很有用，如果你還想唸初中的話，可以在空閒時先讀這些。雖然做田比較累，但千萬別放棄唸書，只要能堅持到底就會有出人頭地的一天……」說完，便跟淑美和炳彰道別，說是要趁天還沒全黑時趕回家。阿貴紅著眼眶跑出來，呆呆的站在門口，看著老師的背影逐漸消失在黑暗中……

畢業典禮開始了。台上的致詞不斷，台下的小朋友就這麼一直在太陽下站著。忽然間，許多小朋友大聲喊：

「老師！」「老師！〇〇〇昏倒了！」王老師看到自己班上的學生倒在地上，就連忙把這昏倒的小女生抱到操場旁的樹蔭下休息。幾分鐘後，這女生還一直嘔吐並流了很多汗，而且皮膚濕冷又囈語不斷。老師心裡很緊張，就向主任報告說要把學生送到鎮上的診所。主任同意了，因為學校也實在沒什麼醫療資源。幾個大人七手八腳的就把學生送往瑞南的診所。到診所時，美娟正要開門，她一看到昏倒的學生，就要瑞南趕快過來。瑞南急忙到診療間察看小女生的病況。他先用酒精擦拭小女生的手和腳，接著輕拍她叫她。小女生眼睛張開了，但好像不知道發生了什麼事。瑞南跟她聊了一下，然後跟在門外等候的大人們說：

「是中暑，已經沒什麼大礙了，我待會兒先幫她補充電解質。」說完就向美娟交代了幾句。老師聽到瑞南這麼說，鬆了口氣，就要其他人先回學校，因為畢業典禮還在進行中

「醫生，真不好意思，一大早就來麻煩你……」

「沒關係的，這時間大家都去工作上課了，本來就沒什麼病人，而且救人是醫生該做的事啊！」瑞南說。不久，美娟拿著一顆蘋果走進診療間

「來！妹妹，這顆蘋果給妳吃……」美娟跟這躺在病床上的小女生說。小女生聽了，眼睛睜得大大的，就趕快坐起來但不敢伸手去接

「沒關係，這也是別人送我們的。只是……」美娟到小女生的耳邊悄悄說：

「不要跟別人說這是我給妳吃的喔！」小女生聽了很開心，一直點頭

原來，小女生也是因為早上沒吃東西才昏倒的。大部分農家的食物都是先給家中種田的男人吃。小女生早上有番薯籤可吃就很高興了，何況是

一顆蘋果

「她再休息一下，等精神好點，就可以回去了！」

「○○○，趕快謝謝醫生！」小女生聽了就向醫生道謝。只是吃著蘋果有點口齒不清。老師從口袋拿出錢說要付看病的費用，瑞南說：

「沒關係！這不急，以後再說……」然後說他小時候也是很苦，一直到他唸醫學校後，家裡的情況才變好，要老師不要把錢放在心上。後來，兩人也聊到日治時期的一些現象：

「所以你們在醫學校也會被歧視？」老師好奇地問

「日本老師是還好，但有些日本同學覺得我們是殖民地，言語中常帶有輕蔑和不屑。而且畢業後到醫院工作的薪水只有日本同學的六成……所以台灣學生畢業後大都會選擇自己開業。」瑞南答

「只有日本人的六成？！」老師有點驚訝。他沒碰過這樣的事，因為

他師範學校唸完已經是國民政府時代

「而且他們很輕視吃香灰、喝符水的醫病方法。也連帶地認為中醫的方法不科學。但我覺得這些方法存在這麼久，一定有它的理由。做田的人收入不多，當然就希望吃個藥，身上所有的病都會好。但我們學的是科學方法，要用實驗來證明對不對或是不是，而不是憑信仰或感覺……」瑞南說

「中醫是很難用數字來說服人。古代的科學不發達，以前人的知識大多是從觀察中得來的。所以，如果問他們為何會這樣?他們頂多告訴你，是前人觀察的經驗累積而成的。就好像針灸穴位圖是某位道士所作，作此圖時，他得到垂死傷患的同意，在人還活的時候進行解剖，然後觀察氣脈的運行和穴道的位置。這單單是『氣』就很難向人解釋了。所以現代中醫可能無法告訴你某某地方為何會有穴道，但他按照針灸穴位圖扎針，卻可以替人治好病。」老師知道中醫也是五行的一個支脈，這些智慧都是古人

從觀察中得來的。

「中醫我不是很懂。但所謂科學的實驗方法就是：在相同的環境條件下，會得到相同的實驗結果。所以，現代中醫如果無法像古人那樣，我們當然就會對他們的醫術產生懷疑。不過我還是認為中醫存在這麼久，一定有它的理由，所以我不會刻意排斥它的。」瑞南條理清楚，秉持著科學精神，實事求是。

「中醫的治病理論其實很簡單；因為，人在大自然中就一定會受到大自然的影響。所以中醫會強調順應自然，什麼時候該做什麼，都是先按照大自然的規律。他們會先固本培原，再處理其他枝節問題時就比較容易。比如感冒：西醫開的或去藥房買的藥，大多含有抗生素，但抗生素吃多了除了會有副作用外，病毒也會產生抗藥性，下次對付這病毒就要用藥性更強的抗生素。使用抗生素其實就是用病毒去攻病毒，但若久攻不下，被攻擊的病毒就會累積經驗產生抗藥性。到最後，抗生素會用盡，病毒會變成超級（無敵）病毒。但是只要多喝水多休息，病毒便會慢慢降低活動力，然後就會被排出體外。所以用這種自然的方法，就不用擔心抗藥性，身體也不需承受使用藥物後的副作用。」

「我同意固本培原的做法。除了多喝水多休息外，對於感冒的患者，我們也會建議多吃一點營養的食物，以增加自身的抵抗力。但這樣的做法會花比較多的時間。若是遇到急重症者，可能就需要立即動手術治療，存活的機會才比較大。或是像中暑；我們會立刻幫病人降溫，然後補充電解質，稍微休息一下，病人很快就能恢復體力和精神的。」醫生補充說

「醫生，如果沒有電解質該怎麼辦？」老師又問

「如果沒有電解質，就把鹽放到開水裡攪一攪，鹽不用放太多，喝起來有點鹹就可以。另外，病人剛中暑時，要先抬到陰涼處幫他降溫：拍打病人的四肢或幫他搧風。如果有冰塊的話當然最好，塗抹在病人的額頭和四肢上，降溫效果最快！」醫生把中暑急救的知識都告訴老師

「謝謝醫生，我們今天來這裡學到很多東西……」

「我也很關心小朋友們，因為他們大家未來的希望。」瑞南說。老師接著提到很多小孩都很優秀，但家中經濟不好，為了生活不得不放棄升學。這樣的惡性循環會讓他們脫離不了苦日子，只有繼續唸書升學，以後才會有好日子。可是他自己一人沒辦法改變什麼。瑞南在老師的言語中聽到了一些無奈，就說：

「要我們以後不被人家歧視，就只能靠我們自己多學習多吸收知識。我們這一代苦就算了，不能讓下一代也苦。我來想想辦法……」瑞南對過去殖民時代的種種，記憶猶新。所以決定要幫助孩子，看有沒有可能改變這個社會。老師心想：醫生真的是個有遠見的人。小女生四處走著，好奇地看著診所裡的各種器皿。老師問她有沒有好一點；小女生在原地轉了一圈給老師看。老師看她變得活潑，就知道已經沒問題了，然後帶著小女生向瑞南道別，並要她再謝謝美娟和瑞南，便回學校去了。

歲次壬辰七月

「第一賣冰，第二做醫生。」賣冰的，整年最賺錢的時候就是在夏天。所謂：四季不開張，開張吃四季。光賣枝仔冰就讓他們忙得不得了。醫生這時候也很忙，大大小小的普渡，如果食物供品放在高溫下沒有保存好，就很容易變質。加上很多人只顧著吃，不注重衛生，傳染病就開始流行了。說穿了，是衛生習慣不好，而不是因為普渡的關係。這天，診所內外都擠滿要看病的人。一些病情較輕的，瑞南就叫他們要注意衛生，吃東西前要先把手洗乾淨。如果肚子不舒服，這幾天先喝清粥，其他東西先別吃，讓腸胃先休息一下。如果這樣幾天後還是不舒服，再來診所看病拿藥。瑞南原以為這樣做會少了很多病人，沒想到這些人照著瑞南的話去做，病就真的好了，而且沒花一毛錢。大家感念瑞南的醫德，口耳相傳，來診所的人越來越多，而且會自動排隊等候。有時還會關心瑞南，要他先吃完飯再繼續看診。瑞南很感動，決定不論多晚，都要把病人全部看完再休息。

學校開學了。校長在辦公室向老師宣布一個消息：有位醫生以他父親的名字，設立一個獎學金。目的是為了幫助鎮上優秀的清寒子弟繼續升學唸書。校長希望老師們要鼓勵學生用功唸書，將來才會成為國家社會的棟樑。

阿貴坐在老榕下看著老師給他的書；牛，在一旁靜靜的吃草。阿公說工作做完才可以看書，所以阿貴做起事來就特別賣力。淑美努力編著竹製品，心裡卻沒放棄要讓阿貴繼續唸書的想法。炳彰幫賣冰的擔送枝仔冰，這麼熱的天氣來來回回也真夠他受的了！不過炳彰倒是認為：反正賣冰就這幾個月，忍耐一下就過了……

「壬水汪洋，能洩金氣，剛中之德，周流不滯，通根透癸，沖天奔地，化則有情，從則相濟。」

泡泡國

泡泡國

很久以前，有一個國叫做泡泡國，他們的祖先是帝釋天身旁的樂神，所以泡泡國的人天生就喜歡唱歌跳舞，喜歡無憂無慮地過日子。他們的制度大多受到鄰國的影響，影響泡泡國最深遠的鄰國叫做方塊國。方塊國就是傳說中帝釋天的後代，他們喜歡爭權奪利當老大，而泡泡國的人生性單純不喜歡太複雜的事，方塊國的人喜歡爭當國王，泡泡國的人就有樣學樣。不過只有喜歡和方塊國親近的貴族才會這樣。

有一天，帝釋天看到地上的子孫為了爭權奪利打打殺殺，就把所有天人都叫來

「大哥你看你看你的後代殺我的後代，我們可是兄弟呀！」

「老弟，你過來看你的人殺掉的那個以前可是他的眷屬啊！嘖嘖，還吃他的肉，我真的替你感到難過……」大家看著人間，議論紛紛。突然有個鬍子白長長手拄著龍頭拐杖的仙人說：

「我看不下去了，你們有什麼好方法嗎？」

「砍人頭不如數人頭，誰支持的人多就讓誰當王。」有天人建議

「不公平，我的人只要有好吃的就會跟人家走，結果還不是那個最有錢的當王……」這位掌管牲畜的天人，暗指帝釋天錢多

「我有錢是因為我有修行有布施啊！怎麼不說每次佛祖來上課時你都躲起來睡覺？」講不到幾句大家又吵起來了

「我看這樣好了。我們請佛祖推薦一個公正無私的人去教大家的後代，等大家的水準都差不多了我們再來數人頭。在教好之前，王位還是先由帝釋天暫代，你們覺得如何？」太上老君開口幫大家調解

「好啊好啊」大家都覺得老君和佛祖願意幫忙自然是再好不過的了。

「已經在人間了。」佛祖聽到大家的討論，就指著嬰兒給大家看

「他叫做 Johnny。」後來有人叫他「強尼」，但方塊國的人大部分叫他「仲尼」。

光陰似龜，歲月如鱉。幾千年過去了，方塊國的人已經有些改變但喜歡打打殺殺的習性還在。樂神很擔憂，因為沒來得及請 Johnny 來泡泡國，怕泡泡人不知世道險惡。果然沒錯，泡泡國有個巫師似乎知道泡泡國將跟著方塊國走向數人頭的制度，於是暗中加強他的魔法等待他的死對頭交出權力後再一舉奪下王位。泡泡國因為跟著方塊國打打殺殺而分成兩部分：南泡泡和北泡泡。從此手足變成世仇。巫師見機不可失就使用魔法並勾結方塊國將南泡泡的國都變到接近北泡泡的邊界上，讓南泡泡時時刻刻都在北泡泡的威脅中，只要南泡泡不聽話，巫師就作法將北泡泡的導彈射向南泡泡。而此時方塊國願意接受 Johnny 教導的只剩下番薯大的地方，其餘的都像巫師一樣想要奪權當王，所以番薯地的人就改稱那個地方作「方鬼國」。南泡泡歷經艱辛終於走向數人頭的制度，而巫師的魔法也日漸強大。他偷偷將魔法放入食物中，讓南泡泡人吃了昏沉沉然後不知不覺就聽從巫師的指令。南泡泡人本來不知道有多嚴重，直到後來才發現所有經由數人頭選出來的領袖都有把柄在巫師手中，不是貪污就是緋聞，不是領袖涉案就是領袖的家人有問題。

南泡泡人於是修改數人頭制度，讓選出來的領袖不能連任。這個舉動讓所有有數人頭制度的國家大為驚訝。因為數人頭制度本來就是做得好繼續做，做不好就換人做。南泡泡修改數人頭制度等於宣告所有南泡泡人都在巫師的控制中，不管巫師是威脅還是利誘還是使用魔法。

泡泡國之所以叫泡泡國還有一個原因——因為他們喜歡吹泡泡。泡泡是圓的像鼓又像球讓他們看到泡泡就會想起樂神。所以和樂神有關的慶典都是泡泡滿天飛，即便是在巫師掌控之下。有時南泡泡會有人挺身而出希望巫師不要再糟蹋南泡泡人。巫師就說：

「泡泡是沒有心的。我要它向東就向東，向西就向西；要上就上要破就破。你那麼有心大概不是泡泡人。」這樣的人最後不是自我放逐就是繼續接受巫師的控制。

棉花糖是巫師掌權後全力發展的國家產業。只需一點點糖就能做出鬆軟又好吃的棉花糖而且樣子又和泡泡很像，所以從種甘蔗到製成糖再到棉花糖巫師要求全部都要南泡泡人自己做，而且要不斷研發新式棉花糖。這樣一方面方便巫師用魔法繼續控制南泡泡人；另一方面如果外銷到其他國家其他國家的人不知道裡面有什麼，他就可以接著控制其他國家的人。如果其他國家有很厲害的人，他就會施以魔法然後再唸「某某某是泡泡人」，然後那個人就真的變成泡泡人了。巫師就是如此不斷催眠南泡泡人的。競爭數據落後人，改一下數字就贏人家了；球賽落後即將結束，就偷偷增加計時器時間希望最後能贏球；不斷地說泡泡國有多美好多優秀，卻從來不提讓南泡泡人以為國恥的金融海嘯，也不知道欠了人家那麼多錢到底還清了沒。最近還因棉花糖外型和別國相似被人指控侵犯專利而告上法院。結果巫師居然輸了，這讓南泡泡人看見一絲希望。

巫師知道南泡泡人對他諸多不滿，常在他背後指指點點，就要求檢察官把在網路上拐彎飆罵卻不帶髒字的批評，以公然侮辱的罪名起訴。消息一出，群情激憤，相關行業聚集到檢察署門口表示抗議，其中又以夜市、車行、線上遊戲等行業的抗議最為激烈。一位頭綁布條的先生抗議說：

「電視上的名嘴還不是一天到晚罵政府，為何不把他們抓起來？」

一旁的記者聽到就過來打圓場：

「他們談論的都是『可受公評之事』不能算是公然侮辱。」記者心想，大家都是巫師的人當然要幫名嘴講話。南泡泡的領袖和官員如果不乖不聽話，巫師就會叫名嘴每天在電視上照三餐罵罵到他們受不了自己就會走人，巫師這樣就可以省下很多時間力氣好繼續強化他的魔法。這時記者想多了解這位綁布條的男士，就問說：

「那這位先生你是做哪一行的，為什麼要來抗議？」接著比手勢要攝

影機轉過來

「大家如果以後都不『機車』了，我的機車就會賣不出去了啊！我是賣機車的，Ya！」這位頭綁布條的男士一看到攝影機對著他就變得興奮異常，回答完還不忘對著鏡頭伸出兩根手指。記者點頭微笑頗表贊同。然後看到四個穿電玩服的人站在旁邊

「請問你們是……」

「我是三國裡的曹操，她是我媽。」「我是蔣幹，這是我媽。」

「這樣以後我們就不能直呼對方單名了！」兩個男生異口同聲說

「我們以後就不能直說我們是孩子的媽了……嗚嗚……」兩個女生在旁邊假哭。

記者「噗嗤」一聲笑了出來。這時有個戴帽子的人走過來想表達意見，但記者手中的麥克風突然被身旁的女士搶走

「這是什麼意思？是說我們以後不能用『直白』這個詞了嗎？」原來

是位作家。記者在一旁苦笑，趕快將麥克風拿過來遞給這位戴帽子的先生

「這位先生不好意思，請說……」

「這麼做是叫我們不要拍下一部片囉？」

「你上一部是拍什麼片？」

「Super 7，超級七。」記者想了一下，然後哈哈大笑……

記者最後走到夜市的隊伍前，看到一位先生說個不停卻又聽不懂他在說什麼。於是就走向這位先生

「請問你是賣……」

「超你#大雞※」

「蛤？」

「超營養大雞排啦！」男子吐掉檳榔爽快地說

巫師發現方塊國文字滲透力太強了，就下令泡泡國禁止使用方塊字，並要泡泡人自己造字，而且所有的地名都不准和方塊國有關。負責造字的泡泡官員心裡想：「都跟方塊國在一起那麼久了，怎麼可能說斷就斷？」於是就很心不甘情不願。有一天他突然靈機一動決定泡泡國文字就用○和╳組成然後再加以變化。「○」象徵泡泡國的圖騰；「╳」表示拒絕方塊國文字。巫師聽了泡泡官員的解說後非常滿意，就送這官員一張巫師的像，要他尊敬巫師，並時時刻刻把巫師放在心裡面。這官員乾脆把巫師的像掛在牆上每天按時膜拜。所以後來泡泡國所有的文字都有○○╳╳的因子。「◎╳○」在泡泡國的意思是「我愛妳」，但用方塊語讀出來的意思卻和「我香蕉你個芭樂」一樣。

與魔鬼的契約

與魔鬼的契約

「這卷有地獄形成的原因。而且都滿白話的，大家就先自己看，有問題再來討論。我還是要說一下，我們只是個社團，希望大家還是要先顧到自己的本業功課，大家都大學生了，時間分配好做什麼都會很有效率的……」社長很好心的提醒大家。「社長，我們都OK的，你不用擔心啦！」「對呀！」台下異口同聲地說

「有沒有其他部經呀！這部經我看了很久還是看不太懂耶……」一位女同學說

「其實釋迦摩尼佛很少講地獄的景象。因為祂每次一講，旁邊的天人、阿修羅等都會一直哭，覺得地獄太苦太慘了，就讓祂沒辦法再繼續說。所以不是祂不想說，而是聽的眾生承受不了……」

「這是什麼原因呢？」一個戴著厚厚眼鏡的男生問

「可能跟第八識——阿賴耶識有關。因為當世尊說到地獄的情形時，他們的心識就會感受到地獄的痛苦。ㄟ，別再問了，我只知道這麼

多……」社長怕大家繼續問，所以趕快求饒

「那天人又是什麼原因才會在天上？」這男生又繼續問

「從忉利天、四天王天到大梵天是因為過去的善行和福德才能出生天上享有福報的；但終究是在三界內。福報享盡，還是會在六道中輪迴。有的會成豬馬羊等，有的會變成蟲。或許有人要問：是不是他們本來就是豬馬羊蟲累積善行和福德後才變成忉利天、四天王天……和大梵天的。我也不是很清楚，有興趣的可以自己去找資料。」坐在講台前的同學接著說。

社長聽了鬆一口氣，連忙對他投以感謝的眼神。

「這齣戲很經典，有幾個地方大家可以回去好好思考：浮士德有什麼能力認為自己二十四年後可以擺脫墮地獄的詛咒？為了權力、金錢和神奇的魔法去和魔鬼定下這樣的契約真的值得嗎？浮士德到底是為了追求更高的知識境界還是純粹滿足自己的慾望？還有，如果你是浮士德，你會怎麼

做？這些問題回去好好想一想，下星期上課前要把報告交上來……」老師將黑板上的作業很清楚地說一遍

薇芝和幾位同學討論如何寫報告

「天使為什麼不去幫浮士德？」有人說

「難道你不知道 be-lie-ve（信仰）中間有個 lie（謊言）嗎？」另一個同學煞有介事地說。大家一聽全笑開了

「照你這麼說，Mephi-stop-heles（摩菲斯特菲力斯）中間也有個 stop（停止）所以他是好的魔鬼囉？」旁邊的同學也跟著說文解字，大夥兒又是一陣笑鬧。

薇芝在旁一聽，全身起雞皮疙瘩，彷彿醒了，然後丟下一句：「我要去找答案！」就直奔系辦公室。大家一陣錯愕，一個男生不解地說：「不就是一齣戲而已，幹嘛那麼認真？」咖啡廳內又馬上恢復歡樂的氣氛。

「這樣的衝突和矛盾本來就是戲的一部分。我們之後還有很多戲要讀，妳這麼做會很辛苦的……」老師提醒薇芝，但沒阻止她。老師年輕時也曾獨自跑到國外連看七天的定目劇，那種對戲的狂熱癡迷，他很懂

「妳這個問題很有意思。如果說如何才能脫離地獄，對我們而言就是要常親近佛法僧三寶；但對地獄裡的眾生來說，這並不容易。當惡業現前

時，他們根本無暇想到其他，因為痛苦對他們來說是無止盡的。若從佛教的觀點來看，一切都是自己造成的，在造業到受報的這段期間或許有人會提醒他，他若不理會就是自己要承擔這些果報。因此當他執著非如此不可時，地獄就離他很近了。所以執著才是關鍵……」社長說完後，轉身看了看，然後在書架上找了一份社訊給薇芝

「這裡面有一些文章是我們社團的人寫的，妳可以參考看看……」薇芝接過社訊翻了一下，看到了粗黑標題下的一篇文章：

「……執著，是大家無法脫離輪迴的原因之一。以為看到的就是真實，擁有的也不會改變。世間唯一不變的就是『變』。昨天和今天不同，去年和今年也不一樣。一覺醒來，小孩長大了幾吋，自己白髮又多了幾根。如果真實的都不會改變，那真實是什麼？真實在哪裡？在夢幻泡影的人生裡，只有認清它是夢幻泡影，才不會再陷入那不知何時才能脫離的漩渦裡。分子由原子構成，原子又是由質子構成的，好像所有的一切是自己，

也不是自己。不是自己，是因為這些組成自己的元素，都不是自己；是自己，雖然構成的元素都不是自己，但因有自己這個名，而讓那些構成元素全變成自己的一部分。摘去自己這個假名後，才發現原來是個眾緣聚合物，一一分解後才明白那什麼都不是。所以我們要的是一個什麼都不是的……嗎？」

薇芝發現自己對這些真的不懂，所以決定要好好研究一番。於是向社長道謝後，就匆匆地再去尋找，以解心中的困惑。

薇芝一直都是和媽媽住的；爸爸只是固定時間送錢過來，偶而會偷偷問她：媽媽最近有沒有交男朋友？薇芝就說：媽媽都四五十歲的人了，你還會擔心嗎？如果這麼擔心幹嘛不把媽媽接回去？每次說到這，爸爸就一臉愁容。

薇芝爸爸因為工作的關係才和老婆分居的。商場上誰沒得罪過人？所以在薇芝很小的時候，她爸爸為了她們母女的安全，就在郊區買了一棟房子讓她們住，讓她們遠離商場上的紛紛擾擾。心裡也盤算著，就算自己被搞垮了。妻女也能全身而退。

薇芝的媽媽可不是這麼想的；她覺得夫妻就是要同甘共苦，有問題可以一起想辦法解決。爸爸一直認為沒媽媽想的那麼簡單。在一起，全家會一起完蛋；分開住，妻女才可能有自由安全的空間。所以爸爸和媽媽平常是不聯絡的，有時看到和爸爸有關的新聞，媽媽就會打電話去關心，但卻常常遭到爸爸無情的斥罵

「我是她老婆耶，講話一定要這麼難聽嗎？」然後就一把鼻涕一把眼淚的

「妳不要哭了啦，把拔其實很愛妳的……」薇芝安慰媽媽說

「這樣叫愛我？那他不愛我時又是說些什麼？」媽媽的話似乎也有道理。薇芝很無奈，有時也會想：既然這麼累，當初幹嘛要在一起，而且還結婚生子？

自己的婚姻變成這樣，媽媽對薇芝感情的事就不會太要求。只說要看清楚，找不到適合的，不結婚也沒關係，媽媽會養妳。

薇芝的爸爸漢節，是一家著名上市公司的老闆，他在大陸也有好幾間工廠。平時就善待員工的漢節，常在想如何才能讓員工開開心心的工作。因為面對國外廠商的競爭，員工們常常工作到很晚才下班，所以漢節在每天下午兩點到四點的午茶時間，都會在各部門的員工休息室放上一些點心：甜甜圈、馬卡龍、水果派等，以及漢節自己也愛吃的乳酪蛋糕。這些完全是由公司出錢而且無限量供應；同時他也會去了解員工想吃什麼，在午茶時段作不定期的變換，讓那幾個愛漂亮的女生愛不釋口，卻又嚷著要減肥。有時他到工廠視察也會跟著員工排隊用餐，他發現每次在工廠吃完飯都滿頭大汗，於是就在工廠的餐廳內裝空調。因為他覺得員工來工作賺錢不就是為了吃飯這些事，那為何不在吃飯時弄得更舒服更輕鬆。漢節也認為不是坐在電腦前八小時就代表效率比較高，累了就去樓梯間喝杯咖啡、看看風景或是到員工休息室踩踩腳踏車活動一下筋骨。有時為了獎勵優秀員工，還會請按摩師來幫他們按摩。另外，每人每天都有一小時的「釋放壓力」時間，想去外面走走或辦一些私事的只要回來補滿八小時即可。漢節每年都會幫員工調薪而且調薪幅度絕對大於前一年的消費者物價指數。有好幾年月薪調整的幅度讓員工每天都能多吃一個披薩。

「這種產品只要一接通網路，所有的個人資料，包括線上交易、網路的股票交易等資料都會外流。我問過我們的上下游，他們都覺得應該要用本國產品，整個供應鏈都在思考是否要剔除這種有道德瑕疵的零件。我想

我們應該考慮一下是否要繼續用這種零件……」技術部門的主管向漢節建議

「沒辦法克服嗎？譬如加強防火牆功能……」

「很難！而且需要使用者配合。用本國產品就算有問題都比較容易解決，但外國產品的供應鏈大部分都是他們自己人在做，你很難知道裡面有什麼。雖然比較便宜但有些東西要連設備一起買，這樣算一算就不一定划算……當然啦！成本越低，利潤就越高……」這主管看到楊總進來，馬上話鋒一轉向漢節示意要離開。漢節點點頭

楊總一進門看到技術部門的主管就覺得不太對勁。但他也不管那麼多了，就直接把談好的資料交給漢節

「董事長，這外國供應商說他們明年願意用低於市場的價格供貨……」

「這不就是之前那家？」漢節翻了一下報價單，價格又比今年低了一些

「現在不景氣，大家都是這樣搶生意的。」楊總說

「可是良率要是沒提高，這訂單我就要再考慮，其他廠商呢？」

「其他廠商的報價都高很多，現在時機不好，我當然就先考慮這成本低的……」楊總的口氣頗為堅持

楊總縱橫股市多年，卻在幾年前網路泡沫化上栽了個跟斗，幸虧有個市場主力出手幫忙才免除了牢獄之災。主力剛開始只是打聽楊總公司裡有沒有研發出新的技術以方便他在股市中炒作，熟了以後才發現主力根本就是為了賺錢而不擇手段。他常用人頭戶高頻交易製造買氣熱絡的假象或結

合外資的投資報告拉抬或放空幾隻特定的股票，等到達設定的目標價後再一舉出貨，大賺一筆。楊總也懷疑自己當初是不是就這樣被坑殺的。後來楊總發現公司研發的新技術居然出現在別人的產品上，他就要求主力解釋清楚

「有錢大家賺嘛！以前我也幫過你，現在只不過請你幫個小忙，不過分吧！我賺錢自然也少不了你的……」主力打開抽屜拿出一個厚厚的紙袋

「喏！別跟鈔票過不去。其他都是假的，有錢才是真的……」楊總看著眼前這袋錢猶豫了一下。倒不是為了錢，而是怕自己的把柄還在人手上，一被掀出，弄得身敗名裂妻離子散不說，可能還有吃不完的牢飯。

「好！就這一次，下不為例。」楊總狠下心拿了紙袋

主力後來也覺得這麼做太張揚，之後就聯合外國供應商向楊總推銷產品。

「這麼便宜！那他們要賺什麼？」楊總突然問

「你不知道現在網路很發達，賺錢很容易嗎？而且對外資、媒體我們都有辦法……還有內地那些官哪，用錢不然就用女人解決，很容易的！」楊總聽了已經分不出眼前這位到底是吸血鬼還是詐騙集團。用這些主力推薦的東西，楊總罪惡感就少了一些，心想：是你們愛上網、愛炒股票，我們只是提供產品，你們可以選擇不要買呀！後來是技術部門反映這零件有大漏洞等等，楊總便說這成品市占率這麼高，很多廠商都有做他們的東西，而且消費者不清楚裡面的東西是誰做的，要技術部門別擔心。

去年用這外國供應商的零件時，下游就曾向漢節反應良率的問題；但因價格便宜，瑕疵品又可免費退換，公司只不過多花了一些時間和運費，所以漢節今年還是用他們的東西。可是後來聽技術部門這麼說，漢節感覺背後彷彿有大陰謀，就沒有馬上同意楊總，還要楊總再多找幾家做比較。

「這擺明了就是要找我麻煩嘛！」楊總為了要給主力交代，就狠狠地把漢節數落了一番

「沒關係，不配合的我都不會讓他好過。」主力冷冷地說。楊總知道這麼做就不會被逼著做事後，就不斷地在漢節背後批評漢節。說漢節不會做人、目光短視甚至連無能這種話都說出口了，這讓楊總不再處於裡外不是人的煎熬中，同時也想：主力勢力這麼大，靠著他應該比較好過吧！

對於別人的批評漢節其實不是很在意，只要公司的營運正常，其他的事就隨人說去。而且楊總這麼做有時還會幫他擋掉一些麻煩，讓他能更專注在事業上。可是底下的員工都看在眼裡，也對楊總的冷嘲熱諷不以為然

「總經理剛才在背後罵董事長罵得這麼兇，到底是罵真的還是假的啊？」一位剛走出會議室的主管問他身旁的同事

「我也不知道，大概只有楊總他自己最清楚吧……要不要到對面喝杯

咖啡？」「好啊！」這主管知道又有八卦可聽就一口答應了。

「……因為出貨不順加上庫存過高，歐洲端言證券將漢節科技的目標價調降至一九九元，這也是二十七個月以來漢節科技的股價第一次被預測到一字頭，也只有去年最高價的十分之一。所以早上一開盤就賣壓湧現打入跌停，目前仍有五點一萬張的委賣單高掛……」漢節看著新聞心想：現在全世界都不景氣，公司只不過沒像其他外國公司一樣花大錢作行銷宣傳；稼動率這幾個月也提高了不少，更何況公司滿手現金股價實在不應該低落至此……。他念頭忽然一轉：難道之前大陸工廠罷工、被查稅和被誣賴說排放廢水都跟這有關……連忙打了幾通電話後，便呆坐在那，一語不發。

「林太太，這房子空間大，採光好。獨棟獨院，離市區遠，很安靜，不會被打擾……」曹先生向月蓉介紹說

「媽麻，把拔不來跟我們一起住嗎？」五歲的薇芝仰著頭問月蓉

「把拔的生意忙，暫時沒空來跟我們一起住，妳要乖乖聽話哦！」月蓉摸著薇芝的頭說。

「林太太，這位是孫媽……我們是老同鄉。」曹先生介紹身旁的歐巴桑

「老闆娘以後有什麼事就儘管吩咐！」孫媽恭敬地向月蓉鞠躬

「不用叫我老闆娘，叫我月蓉就好……」

「不行，這樣沒規矩。不然稱呼您『蓉太太』好了」這孫媽看不出來還挺拗的

「好吧，就這樣吧。」月蓉也就沒再堅持。

「媽麻，我們今天就要住這裡嗎？」「對呀！」「可是我的寶貝熊沒有帶來耶！」「今天不能回去，媽麻改天再帶妳去買，好不好？」月蓉蹲下來安撫薇芝，可是薇芝嘟著嘴滿臉的不願意。

「林太太，餐廳和傭人房都在樓下，您和林小姐就睡樓上的房間……孫媽這幾天都會住在這，要是有事的話，我也住在附近，隨 call 隨到……」

曹先生和孫媽是住同一個村子的。當初隨著政府一起到台灣時什麼都沒有，就只能靠這些老鄉們。家裡沒東西吃了，幾個孩子到鄰居那湊合湊合就解決一餐，然後到發餉時再煮個麵疙瘩、烙個餅請左鄰右舍嚐嚐。在村子裡有禮貌有規矩的小孩可是人見人愛。嘴巴甜，逢人叫個北杯叔叔媽媽阿姨的，包你能從村頭吃到村尾。人窮沒關係，但是不能沒規矩，孫媽也是這麼教小孩的。曹先生是漢節當兵時的士官長，他盡忠職守深得大家的信賴。漢節退伍後仍經常和曹先生連絡；逢年過節的拜訪是不用說了，幾個同梯的還會固定時間約曹先生出來餐敘，聊聊當兵時的甘苦，順便看看大家的現況。只不過當兵時大家都叫士官長，現在則叫「老曹」。漢節把公司最近發生的事告訴老曹。老曹畢竟是見過大風大浪的，就問：

「你要我怎麼幫你？」

「我希望你能幫我找地方安頓我的老婆小孩，越快越好，錢不是問題……」漢節說。

老曹就在他們村子附近找了房子，並和孫媽商量，請她幫忙照顧月蓉和薇芝

「人家有困難本來就該幫忙；我們當初不也是靠大家幫忙才熬過來的……」豪氣俠義的孫媽立刻就答應了，還說：

「誰找她們麻煩就等於是跟我過不去，我會讓這些人吃不完兜著走的！」

薇芝常跟著孫媽到村子裡逛逛走走。但很多時候，薇芝喜歡一個人靜靜的看著村子裡的孩子玩耍，覺得他們好有趣、好快樂。月蓉本來還想幫漢節處理生意上的事，但漢節不肯，只希望月蓉能單純的過日子好好照顧薇芝長大。所以月蓉的生活重心都是跟著薇芝，偶而也會注意漢節公司的消息。就這樣十幾年過去了，也曾有陌生人來找過董事長夫人，尤其是漢節公司有重大消息見報時，但全讓孫媽給打發走了。漢節很少來這裡，他大部分都是到學校找薇芝，從薇芝那了解月蓉的健康、心情等

學校的戲劇系就在這條街上。走在這歐式的街道，一不留神就會錯過這大門；進去一看，一個露天的舞台，大門入口就是最佳的觀賞位置。舞台不知是依地勢建造，還是故意挖空蓋的，但站在這條街的頭尾兩側，你

很難想像這裡會有個劇場。離這條街不遠有個小廣場，廣場後方有一排階梯向著山下。夜景不是很美晚上燈火稀疏，但坐在階梯上看著遠方，還是會覺得心曠神怡。

漢節和薇芝坐在階梯上看著山下

「媽媽最近好嗎？」

「平時都還好，但她看到和公司有關的新聞都會比較焦慮。想打電話關心又怕被你罵，所以她就只能在那乾著急。爸，你能不能不要……」薇芝話還沒說完，漢節就揮手要她不要再說下去

「唉！很多事妳以後就會明白。只要妳們都平安，我就放心了。」對至親的愛，漢節也只能化作最卑微的期盼。漢節從上衣口袋拿出一張卡

「有空帶媽媽出去走走散散心。這張是把拔黑卡的附卡，先放妳這，

有什麼額外支出就先從這裡扣……」看著這張卡，薇芝的心情很複雜。她知道媽媽在物質上並不會太在意，只要一家人快快樂樂的在一起她就很滿足了。把拔真的了解媽麻嗎？大人的事或許她永遠都不會明白，她只知道現在兩人就像同性的磁鐵，只要一接近就會馬上彈開。

幾位主角台詞結結巴巴的，有人說到一半突然愣住，自己還笑到彎腰；走位也隨隨便便的，沒把氣氛呈現出來，完全不像是即將演出的戲。

「我覺得……」台下老師手拿劇本拍了幾下，台上的焦點霎時轉到台下

「你．們．不．愛．戲．劇」老師本想開口大罵，但怕摧毀學生對戲的憧憬，只好按捺住脾氣，緩緩地說出這幾個字

「如果你們夠愛表演，就會事先做好準備；如果你們夠愛表演，就會

自己想辦法克服困難。舞台劇本來就是一種考驗。不像是拍電視、電影一樣，可以說停就停。沒做好準備怎麼上台。再說上台表演的是你們，不是老師。老師再怎麼行也無法在演出時幫你們，上了台就要看你們自己了……」接著又說

「本想做一些調整，看能不能用另一種方式呈現；但大部分的人都沒準備好，這樣排練下去會很沒效率。好，今天就先到這裡……一些該背該記的，下次別再忘了。還有那幾個咬字不清、說話結結巴巴的要多用功點！」

為了要讓自己的咬字更清楚，子耀找了一些繞口令來練習。四十四隻石獅子、和尚端湯上塔這些耳熟能響的練習句，每天總會由慢到快練個十來遍；台語的也是這樣練習：「有一隻猴仔跌入溝仔，猴仔叫狗仔拿鉤仔來鉤猴仔……」；為了聲調的抑揚頓挫更鮮明，也練習「趙建孝在地下道遇

刺」這樣全是去聲的句子，還不忘把最後一個字兒化韻；有時坐車經過仁愛路就會想起「到浮滑飯店護髮護膚」；要去士林夜市就知道以前「茗船商專在山莊」。有一次宗瀚騎車載子耀在市區閒逛，經過信義路時忽然說：「走！我帶你去買好吃的。」就把車停在路邊，走進一家小店

「您好，歡迎光臨！」「老闆我要兩杯綠『剁』蒟蒻加薏仁，外帶！」子耀聽了一直笑，宗瀚就問：「你笑什麼？」「你剛剛說綠『剁』！你看老闆也在笑……」老闆聽到趕快澄清：「我沒笑喔！我剛剛只是在做臉部的肌肉運動……」

有一天，子耀在網路上找資料，突然發現一個超級霹靂的句子

「宗瀚，我發現一個辣度很高的句子……」

「還不都是那幾句！灰灰花……花會回……」宗瀚本來只是把頭轉過來看，後來發現真的不容易唸，就起身走到子耀的電腦旁看著唸

「哎呀！你要先慢慢唸啦！唸正確再變快才不容易錯，我們老師都是

這麼說的……」

「我又不用上台表演，幹嘛那麼認真？非灰花……」宗瀚還是在那邊「灰灰花花」的不清不楚。

「非・揮・發・性・化・學・花・卉・肥・料」子耀用方法一字字唸給宗瀚聽。

宗瀚是美術系的，家住市郊。因為到學校騎車也要一個多小時，就跟家裡說要住學校宿舍。其實還不是因為住宿舍比較自由，宅在宿舍裡上網上到多晚都沒人管。宗瀚卻有一番說辭：「林布蘭的畫大多是室內的人物畫，照你們的標準他也是一個宅宅囉！而且我們也有功課要交，不可能只上網其他都不管啊！」他們家裡也只好由他。學校沒課的時候，他就喜歡騎車到處逛；十大夜市、陽明山、淡水……都是他常去的地方。最常去的地方當然就是淡水，尤其在悶熱的夏天，光坐在那裡吹海風就覺得很舒服。他不想像林布蘭一樣，都躲在屋內畫畫，有機會他也想去看看那些著名畫家的畫室和畫室週遭的環境。

．．

「這個……女人的外表哪，可分為五種……」

「哪五種？」

「第一種叫做美麗！」

「嗯」

「第二種叫做漂亮！」

「這漂亮和美麗有什麼不同？」

「漂亮就比美麗少了一些……」

「蛤?」

「第三種叫做可愛!」

「就是比美麗少了一些些……」

「這您就明白了」

「明白!」

「第四種叫做有氣質」

「什麼呀!連有氣質都出來了……」

「最後一種叫做很愛國……」

「很愛國跟美麗是要怎麼比?」

「你總要留點口德,人家或許沒那麼亮眼,但心地是善良的,對不對?」

「有道理!那您看我是屬於哪一種?」

「這個……我看哪!人都是沒有十全十美的。您呢,不容易!已有八成美！只少兩種美……」

「真的？！少哪兩種？」

「內在美和外在美。」

．

話劇社晚上有表演，子耀要宗瀚來捧場衝人氣。宗瀚笑說：「你念戲劇系，社團又參加話劇社，這樣會不會太戲劇了一點？」「人生如戲嘛！反正你晚上也沒事，就來看看吧！說不定還能看到很多美女喔……」「哪裡沒事！我還有很多作業耶，不過既然有美女，當然就一定要去……哈哈！」

傍晚，子耀和宗瀚一起坐在台下看話劇社的表演。結束後，子耀問宗瀚：

「覺得如何？」

「不錯呀！很好笑……可是你怎麼沒上台？」

「這表演一次只能兩個人上台呀！大家就輪流囉！」

「是哦！可是我也沒看到什麼美女呀……」宗瀚看了看周圍

「喏！那不是嗎？」

宗瀚順著子耀眼神的方向看到正要離開的薇芝，然後問：

「你覺得她是屬於哪一種？」

「漂亮」

「你眼光太高了吧！我覺得她應該是『美麗』呀！」嚴格來說薇芝並不是個美女，只是月蓉覺得女孩子就是要乾乾淨淨、清清爽爽的，所以薇芝常常就是一身淨素。而且薇芝平時很少跟人說話，又常穿黑色系的衣服，加上那一頭長髮和瓜子臉，所以在同學間有「冷豔美女」和「冰山美人」的稱號。

「她是你們班同學？」

「對呀！要不要幫你介紹？」子耀說著就走向薇芝

「同學！那麼快就要走了哦？」薇芝聽到背後好像有人跟她說話，便轉身看看是誰。本來這幾天為了要解決心中的疑惑而讀了一些書。但讀《聖經》似乎沒有讓她找到滿意的答案；讀佛經又讀得似懂非懂的，後來決定先暫時放下，讓自己喘口氣。於是就來看這場有趣的表演，匆忙間趕來坐在前排，沒注意有沒有熟人，所以當她轉身看到子耀時，臉上表情有些驚訝

「是你哦！」

「對呀！我和我室友一起來的，他想要認識妳……」宗瀚沒想到子耀說做就做，只好在後面拉著子耀不斷地低聲說：「不要這樣啦」「不要啦」

「他叫宗瀚，念美術系的，是個宅宅。今天把他拉來捧場……」子耀指著身後的宗瀚說。宗瀚其實也是很活潑的，只不過今天這樣，讓他覺得尷尬又彆扭，不知該怎麼開口說話

「怎麼大家都叫宗瀚？」薇芝突然冒出一句

「就菜市場名呀！我同學——『美麗』的薇芝。」子耀向宗瀚介紹。

宗瀚聽了，想到剛剛的表演也忍不住笑出來。三個人邊走邊聊

「還是戲劇系比較好玩……」宗瀚說

「有空你可以常來看我們的表演啊！」子耀說

「學期末的公演一定要來喔！」薇芝也開口邀請

「那齣戲不是很可怕？」宗瀚問

「可不可怕你要來看了以後才知道！」子耀故意賣關子

「對了，公演完後，系上莊老師好像要組團去歐洲參訪，你會去嗎？」薇芝問子耀

「應該不會。暑假我們天鉞宮有很多廟會活動，我都可能要去幫忙了，我猜去的人應該不會很多。很多人暑假都要打工賺錢，哪有什麼閒情逸致出國？」

「……

＊時鐘敲十二下（背景聲音）

敲了！敲了！現在只願身體能化做空氣，

否則就會被露希芙拖到地獄去！

靈魂啊！化成小水滴吧！

落入大海從此消失無蹤跡吧！

＊雷電交加（背景聲音，猙獰的群魔出現台上）

啊！天啊！可憐可憐我，請別用如此兇惡的眼神瞪我！

小毒蛇，大毒蛇，可不可以讓我喘息片刻！

醜惡的地獄，別張口！啊！不要過來，露希芙！

我願意放棄魔法燒掉魔法書，啊！摩菲斯特菲力斯，啊……」

・

「我想要在暑假辦個戲劇之旅，主要就是到英國和義大利這幾個國家，大概是十幾天的行程，有興趣的可以先向班代報名……」公演結束後，老師在後台準備了一些自助式的餐點慰勞大家。大家在夾取食物時聽到老師的新點子，不免竊竊私語

「主要是想帶大家到外面看看，不強迫參加啦！但機會難得喔……」老師補充說

「老師！可不可以帶媽媽一起去？」薇芝舉手問

「當然可以！不過我們是戲劇之旅，可能沒有太多的 shopping 行程喔！」

「沒關係，我會跟我媽說的……」薇芝心想：反正就是帶媽媽散心，

沒看見、沒聽到，她就不會想那麼多了。

「老師！那我可不可以帶『朋友』一起去？」一位女同學問

「嗯……這個……可以是可以，但我覺得……女生要懂得保護自己。有人曾經統計過：每年大約有五十萬個胎兒被拿掉，老師不希望開學後這五十萬個裡也有妳們的……」這女生聽了頭低低的，有點不好意思。

這戲劇系莊老師的妻子是天主教徒，夫妻倆人常討論這些。雖然他不是教徒，也不常作彌撒，但「不墮胎」的觀念卻影響了他。世人對此一直有不同的看法，可是莊老師覺得生命都是寶貴的，不應該隨便結束。

「總共有多少人參加？」莊老師問班代

「好像六、七個吧，加上親朋好友大概十一、二個……」班代想了想

「趕快再去確認一下，老師要去訂機票了！這是戲劇之旅的行程表，妳先拿給他們。喔，對了，順便問一下他們的護照、簽證有沒有過期，需

要的話老師也可以幫忙一起辦……」

這行程就是幾個歐洲國家。老師大部分安排大家白天參觀劇作家們的故居，或是當時在劇中提到的背景，現在又是什麼樣子；晚上就去劇場看那位劇作家的作品。但有幾天很特別：一天之內看好幾場同一時期但風格不同的作品，或是相同的主題在這幾十年或幾百年來，不同時代的劇作家是如何詮釋的。整個行程可說是忙碌又充實。

薇芝看到這份行程，回家跟月蓉說：

「媽，真的是戲劇之旅耶，這樣妳會不會很無聊……」

「不會呀！反正就跟著妳走，到時候看不懂，妳就要解釋給我聽囉。」月蓉澆著花，聽著薇芝的行程解說。薇芝長大後，月蓉一個人在家就照顧這些花花草草，有時候也會去慈善機構做志工。既然漢節不願她涉入公司的事，那就一切隨他吧！還好薇芝很貼心，從分居後都會在兩人之間做緩衝，讓她覺得沒住在一起，其實也不是什麼大不了的事。

這趟旅行出發時，戲劇系學生只有六個，其他都是學生們的親友，一行人加上莊老師總共十二個人到歐洲參訪。

一路上月蓉很專注地聽老師的解說，她發現劇作家的悲歡離合又是另一個故事。她很佩服那些劇作家，在很困苦很低潮時還能寫出那樣的作品，而且常常都是離開人世後，作品才被發現然後大受歡迎。看戲時，她雖然不懂那濃濃的腔調到底在說什麼，但隨著表演者豐富的肢體語言也看得入神而忘了自己。薇芝原以為媽媽看沒多久就會睡著，沒想到她越看精神越好，便覺得她之前的擔心都是多餘的。

「林媽媽很不容易耶，一路上都沒聽妳喊累。哪像我朋友一看戲就睡著了，真的很不給面子。」一個戲劇系的女生說

「他們又不是說中文，聽不懂我當然想睡啊……」被女友點到的男生委屈地說

「沒關係，就當做出來玩嘛，別那麼嚴肅啦……」月蓉替男生緩頰。

這時，大家坐在米蘭飯店的大廳閒聊，等候其他正在用早餐的人

「林媽媽，妳早上怎麼只吃那麼一點點？」莊老師問

「沒有啦，因為我初一、十五都吃素……」

「哎呀！妳可以先跟我說，我可以請飯店先幫妳準備呀……」莊老師有些驚訝又有些過意不去

「沒關係啦，這是我自己的問題，不好意思麻煩大家，而且麵包配奶油、果醬也滿不錯的……」

「初二吃素」一位同學突然想起什麼似的就脫口而出

「初三吃素」又一位同學接著唸

「初・四・吃・素」這位同學唸得很小心

「初五吃素」薇芝接著唸

「初六吃素」這唯一的戲劇系男生也跟著唸

「初七吃素……」這聲音是從餐廳門口傳來的。最後一位同學剛吃完早餐，還沒走到大廳就聽到同學們的聲音，就馬上接著大家做戲劇系學生平常的練習。六個人很有默契地一起唸到「十四吃素」「十五吃素」才停。一旁的親友在大庭廣眾中聽了覺得很不好意思，紛紛想找地方躲避，其中一個還向外國人指著學生，然後搖搖手表示不認識他們。

文藝復興，這段不知該歸納到近現代還是該獨立出來的人類歷史，讓人的覺醒如同再生。從此人們認識這個世界已不只是藉由女巫和一些宗教人士了。也因此能在教會勢力下稍作喘息想像，大量的作品就在此時爆發：雕刻繪畫文學戲劇……。但當時的教會是不贊成戲劇演出的，覺得那些都是小丑式的笑鬧，難登大雅之堂。一直到劇情加入宗教儀式和聖經故事兼負揚善止惡的任務後，劇團才得以生存。在文藝復興時期，劇團是沒有能力養活自己的，大多是依附在王公貴族之下，所以演員們無不使出渾身解數來吸引觀眾，舞台也為觀眾的視野作出變革，其中又以義大利的風格最為突出，而米蘭就是義大利當時的戲劇中心之一。

「米蘭是我們最後一個行程。今天早上是自由活動，想 shopping 的就去 shopping；下午會帶大家去看一個文藝復興時期的作品，不過那裡不讓人拍照、攝影；晚上就休息一下準備行李，我們搭明天早上的飛機回家。」老師在飯店大廳說明今天的行程。

薇芝挽著月蓉的手走出飯店，母女兩人要一起逛逛這個時尚之都。兩人悠閒地走了幾條街，正要轉彎繼續逛時，月蓉突然被街角櫥窗內的女裝吸引而停下

「這工做得真細緻……」月蓉站在櫥窗前不禁讚嘆。薇芝抬頭一看招牌，心想：名家手筆當然不一樣

「媽，喜歡就進去試穿看看哪！」

「很貴的耶……」月蓉看到那價格後面有好幾個零，換算成台幣至少又要多加一個零

「沒關係啦，喜歡就買啊……」說著就要拉著月蓉進到店裡。平常月蓉很少為自己添購新衣。在家就穿得休閒一點；當志工就穿那幾套樸素莊嚴的衣服。她很少參加什麼喜慶宴會的，這十幾年她都是過著這樣簡單平淡的生活。漢節給的錢，她都先放一半在薇芝的戶頭，另一半則用在母女倆的日常開銷。在電視上若看到需要幫助的人，就會要薇芝用無名氏的名義匯錢給人家。錢沒有太多，但只要不亂花就會過得不錯。

「哪來的錢啊？」

「有人幫我們出錢呀……」薇芝拿出漢節的附卡給月蓉看

「我穿那麼漂亮是要給誰看？」她看到漢節的附卡，不禁喃喃自語。想到從前，就變得有些落寞黯然。

「給自己看哪！穿得漂亮一點，自己就會有精神，走啦……」月蓉呆呆的站在那，卻被薇芝連拖帶拉地走進店裡

「繃就諾！」店員看到兩人進來，立刻道日安……

「大家有沒有看到下方那個門？這本來是教堂要從廚房快速將食物送到餐廳而打通的捷徑，不過上方的畫也因此損壞剝落，一直到這幾年才受到重視而修復成現在這樣……」一群人看著牆上壁畫下方的門。雖然門已被封死，但門的輪廓依舊可見。來這的遊客們都是站在壁畫前的矮欄杆外觀賞。在本地的教堂中，這樣的場景並不多見。

「達文西說：他不喜歡不懂數學的人來看他的作品。你們看這裡……

有沒有……三個、三個、三個……他很巧妙地將門徒三個三個放在一起。還有將這些人眼神注視的方向連成一直線，以及耶穌背後的焦點等等，會發現這些都是由很精密的幾何線條構成的，在他的其他畫作中也有這樣的數學構圖。有些焦點是三角形有的則是四面體……」老師指著壁畫一一分析

「老師！既然是『晚餐』，那耶穌的背後為什麼那麼亮？像白天一樣？」有人好奇地問

「這是個好問題，大家的看法呢？」老師讚許又欣慰的眼神掃過每個人，並期待著答案

「因為很晚才天黑，所以吃晚飯時天還亮著……」有人來過歐洲，因為歐洲有些地方夏天晚上八、九點後太陽才會下山。

「有可能，其他人呢？」老師仍然期待大家智慧的火花。只見一行人沉默思索，一時之間也似乎想不到其他的可能。老師看大家都靜悄悄的，

就說：

「我看的角度是：光明在教堂中的意義。很多教堂在設計時都會在屋頂開幾扇窗讓光線照進來。一般來說，陽光就是代表天主的榮耀與恩典。耶穌即將在十字架上為世人流血贖罪，祂背後的光明代表著救贖，也是天主給世人的恩典。當然，真正原因只有達文西自己才知道。」

「空頭不死，漲勢不止」連續幾天下來股市已經漲了好幾百點。剛開始主力以為又會像以前一樣，只漲個兩、三天就會被摜壓下來，所以當股價創波段新高時就加碼放空。沒想到這一個禮拜股價天天創新高，主力也就跟著一路放空。但他心裡很納悶，撥了內線要祕書去了解：

「幫我查一下這幾天是誰在買的？」他知道再漲下去肯定會搞掛一堆人

「怎麼回事，怎麼一直漲不停……」楊總也打來問

「我已經叫人去了解了……」

「還要空下去嗎？我快沒子彈了……」

「你別管那麼多，反正逢高就空就對了！」楊總對這樣的盤勢不解，對主力的做法也有些懷疑，因為已經被軋了好幾天了，再這樣下去老本都要賠光了，所以不免擔心自己的未來。

「本台消息漢節科技總經理楊○○涉嫌挪用公款及違反營業祕密法檢察官會同警方到他的住處搜查時發現一些帳冊內有他和股市名人程○○往來的記錄警方懷疑他也涉及內線交易已要求程○○到案說明由於本案是營業祕密法實施後的第一個案件是否能遏止一些專利技術外流本台將持續為您追蹤報導為了避免逃亡及串供法官裁定楊○○收押禁見楊○○在看守所

的第一天食慾很好吃完晚餐後倒頭就睡彷彿放下了心中的石頭以後就不用再遮遮掩掩躲躲藏藏了……」

「快來看！有個新聞和你們有關……」宗瀚對子耀說

「……陳姓男子誆騙該名少女，他的父母因沾到不乾淨的東西才會生病，說要少女身上的三根毛髮來作法，並和他性交，將氣過給她父母，才能幫助她的父母度過厄難……本案繼續由警方偵辦中」子耀看著電腦上的網路新聞。

「不好意思，我們那裡的宮廟才不會做這種缺德的事。」子耀不屑地說

子耀是南部小孩，阿公就是村子裡天鉞宮的主任委員。在他們那裡，

每個村都至少有一間宮廟。相傳是因為幾百年前祖先來台灣時，為了處理開墾時的糾紛，同鄉的往往就會以宮廟為中心來傳遞訊息。因為開墾屬於生存問題，沒溝通好，就會引起不同族群間的械鬥；漳泉械鬥、閩客械鬥等大多是因此發生的。到後來各族群都能寬恕包容其他族群，宮廟這才變成大家的信仰中心。不管你是從哪裡來的，大家一起祈求風調雨順、五穀豐收、國泰民安。

子耀的叔叔振羽是乩童；收驚、尋找失物、觀落陰都是他的服務項目，收費則是隨個人心意，自己投到功德箱裡。誰叫他老爸是這裡的主委呢？好幾次，子耀都偷偷地問叔叔：「剛剛真的有神佛降臨？」叔叔不是笑而不答，不然就是說：「以前就說要教你，是你自己不學的。」但看到信眾跪在自己的面前，總是會有那麼一些飄飄然又不可一世的感覺。阿公對這方面倒是管得很嚴，說是要心存善念助人為先，不能摻雜自己的感情和私欲，否則就是犯了天條，有無盡的惡果要承擔。因為阿公有時在電視上看到有人求的明牌沒出，某某地方的神佛像就倒了一地。阿公很感嘆：能幫就幫，不能幫也要很誠實地跟人家說，不要「袂婆假婆」，神佛都是走正道的，不要盡作一些夭壽代誌。

子耀的爸爸懷山從小在這種環境下長大，這種事也看多了，但也希望兒子能出去看看外面的世界，所以沒要子耀作乩生。對子耀的管教也隨著子耀的興趣，並沒有太多干涉。子耀從小就對廟裡的石獅、龍柱、眾神佛像很有興趣，覺得刻得生動活潑，常常一看就是一、兩個小時，有時看久了還會對神佛像傻笑，所以長輩都說子耀有神佛緣。子耀的成績一般，家裡本想說在附近隨便唸一間私立大學就好，沒想到子耀居然考到北部公立學校的戲劇系，家人真的是喜出望外，都覺得是神佛保庇才考上那麼好的學校。最高興的當然是阿公，讓他覺得他這個主委很有面子。放榜隔天，天才剛亮，村裡就有人在子耀家門旁的牆壁上貼上大大的紅紙條

恭賀本村
石子耀　同學　考上
國立☆☆☆☆☆☆
戲劇系
天魁村●●●敬賀

沒多久，第二張又貼上了

狂賀
天魁村　第一位考上
國立☆☆☆☆☆☆
戲劇系　的

石子耀　同學

天魁村◆◆◆敬賀

然後就聽見鞭炮響起，這一串長鞭炮足足響了五、六分鐘；子耀也被吵醒，趕緊出去看看是誰。村子裡有人考上好學校，親朋好友都是這麼做的，也不時為這寧靜的村子增添了喜氣。

一個陌生人在廟口跟叔叔說話，四處張望似乎怕被人聽見，最後還塞給叔叔一個信封，鞠了躬就跳上腳踏車匆忙走了。阿公遠遠看見有人從廟口騎車離開，就大聲叫叔叔：

「羽仔……」並招手示意叔叔過來。叔叔遠遠看到阿公叫他，嘆了口

氣，就連走帶跑地到阿公面前

「那個人是誰？」

「沒啦，阿強的人啦，阿強要選下屆代表，叫我們幫阿強的忙啦……」叔叔表情有點不自在

「我不是已經說過不再管選舉的事了嗎？」阿公的話讓叔叔的頭低了下去

「可是……」

「可是什麼？害人的事我是不會再做了。以前不知道，以為只是借我們的香火用用，沒想到居然是做這種傷天害理的事。人家要選誰是人家的自由，為何要逼人家……這包是什麼……」阿公看到叔叔褲口袋鼓鼓的，就問

「是……是……」叔叔慢慢地把信封拿出來，深怕被老爸責罵，不敢直說。阿公聽叔叔說話吞吞吐吐的，看了他一眼，就直接把信封拿了過

來。阿公看到信封裡一疊都是「小朋友」，就說：

「真夭壽！拿去還給人家！現在就去！」阿公越說越大聲，像是怕叔叔聽不見似的

「可是他們說……」叔叔嚅嚅囁囁說

「不要在那邊可是不可是啦！要收這種錢，我就先修理你這個討債仔……」說著就在四周找傢伙要痛扁叔叔。叔叔一看主委老爸要打人了，趕緊拿了信封就跑

一天傍晚，阿公騎著他那台老爺腳踏車要從田裡騎回家。雖然路上沒什麼燈光，但阿公對這條每天都要騎好幾回的路熟得不得了，就哼著歌，兩腳緩緩踩著。忽然，一個不小心連人帶車就摔到田裡了。懷山和振羽沒看到老爸回來吃晚飯，就急忙四處找人。後來在老爸常走的那條路上找到

老爸。摔到田裡的老爸有些狼狽，送到醫院後醫生將骨折的腳裹上石膏。

這時振羽的手機突然響起

「喂……」

「拍謝，沒把老人家顧好。你們其他人可能也……」

「錢都還你了，你還想怎麼樣？」振羽生氣地說

「上次那件事你再考慮一下囉！」

「害人的事我們不會再做了！」振羽很確定地說

「那就不勉強了」對方說完就掛斷了

醫生跟大家說要觀察一下病情建議住院幾天，但老爸不肯，執意要回家，並交代懷山振羽先不要跟別人提摔傷的事，包括家裡的人，媽媽那裡他會自己解釋，其餘的明天早上再說

「把大家都叫過來……」

隔天一早，主委老爸坐在神桌旁的太師椅上，裹著石膏的那隻腳伸得直直的。沒多久，一家人陸陸續續來到大廳。有懷山和他的妻兒、振羽和他的妻兒，還有一個未出嫁的姑姑——子耀要叫他姑婆的。大家或站或坐，媽媽一臉無辜坐在神桌另一邊的太師椅上。

「要叫阿嬤嘸？」振羽問

「免了，不要再讓她操煩了。」主委老爸說。懷山和振羽的阿嬤長年吃素唸佛，家裡沒辦法解決的事，她都是藉著誦經念佛來祈求佛菩薩的保佑。這四代同堂之家除了阿嬤和在外唸書的子耀，其餘人全到了。大家看到老爸腳裹著石膏都來關心老爸的傷勢

「我的腳……唉！我知道是怎麼回事啦！」

「選舉前後的這段時間大家不要亂跑，小孩要特別顧好。人家來問就說我們已經不管選舉的事了，要投給誰我們都沒意見……」老爸提醒大家

「如果人家問我們要投給誰怎麼辦？」振羽的妻子問

「你們要投給誰我也沒意見，如果會怕就自己想辦法擋……」

「怎麼擋？」媽媽沒好氣地問

老爸聽了突然愣住。想了許久，才說：

「不然這樣，羽仔你去天師那裡請教一下；山仔你和我來看神明有什麼指示……」老爸就要其他人先回去做自己的事，有好方法會跟大家說。

子耀的媽媽也不知道該怎麼辦，就走到阿嬤的佛堂想讓心情平靜一下。阿嬤的早課還沒結束，子耀的媽媽就靜靜地跪在一旁聽阿嬤誦經

「……

或遭王難苦　臨刑欲壽終

念彼觀音力　刀尋段段壞

或囚禁枷鎖　手足被杻械

念彼觀音力　釋然得解脫

……

若惡獸圍繞　利牙爪可怖

念彼觀音力　疾走無邊方

蚖蛇及蝮蠍　氣毒煙火然

念彼觀音力　尋聲自迴去

……」

子耀的媽媽不安的心情在阿嬤的一字一魚聲中逐漸散去，也有些領悟：這時候要找到人幫忙一定不容易，大家都是差不多的情況。而且請人幫忙還要欠人情，到時候都不知道要怎麼還，還不如誦經念佛先讓自己平靜下來或許就能想到好方法。子耀的媽媽平時覺得誦經作早課都是老人家在做的事，但現在家中遇到這種不可預知的狀況，不能只在那邊不知所措。於是她就決定每天唸三千遍觀世音菩薩聖號，無論如何要讓自己先平靜下來。

「羽仔，你們這次要投給誰？」選舉快到了，幾個候選人的宣傳車在大街小巷不停地的穿梭，「拜託」「拜託」的聲音此起彼落。幾位村民聚集在天鉞宮的廟埕討論這次的選舉

「我爸說要投誰他都沒意見，叫我們自己決定啦！」振羽話說得謹慎，怕一不小心又得罪人了。

「咦？以前都很早跟我說，他說投誰我就投誰，不會像這次這

樣……」這位村民好像不太習慣

「那他人呢？」接著又問

「前幾天不小心摔倒，現在在家休養……」振羽答。幾位村民一聽開始議論紛紛。振羽的主委老爸是村中的意見領袖，為人正派，大家都相信他的選擇，但他現在這樣子村民彷彿無頭蒼蠅般，失去了方向

「那我們要怎麼辦？」這位村民自言自語說

大家沉默了很久

「反正誰給的錢比較多，我就投誰？」一位村民說出他考慮後的決定。

「阿富仔，你傻傻的你！這款的以後一定四處污西，那些還不是我們繳的稅金？！」旁邊的歐吉桑有不同的意見

「先拿先贏！污西不要污西到我這裡來就好，政府裡還不是有人貪

污？你看，前幾天不是才抓到了兩個……」阿富仔拿著手中報紙給大家看

「用錢的倒是其次，就怕有人玩陰的……」有人擔心地說

「大家攏是自己鄉內的人。唉，實在不需要為了選舉殺到流血流滴……」

「那倒是真的！」大家對這種事深感無奈，只希望要選的人都拿出君子風度，大家一起做良性的競爭。

天鉞宮是天魁村的信仰中心兼新聞中心，村民們沒事就來這裡泡茶聊天。誰家的人買菜時多給人家拿了一把蔥或蒜的，隔沒多久全村都會知道。這幾個候選人，外面的人或許不知道他們為人如何，但自己村內或鄉內，對他們平常是什麼德性卻是一清二楚。

「我爸叫我去請教天師府。道長有給我一些平安符，你們如果會怕我就給你們幾個，放在你們和家人的身上保平安……」

「感謝！感謝！有拿有保庇！」大家都來跟振羽拿平安符。這平安符很難辨認上面寫些什麼，但乍看之下好像有把劍在上面保護大家。

「我能做的只有這些，其他的就看你們自己了。」振羽坦白跟大家說。

部長在執政黨的中常會中，將黑金如何與政治掛勾，手法如何如何，鉅細靡遺地說給在座的中常委和黨內要員聽，讓這些可能都是共犯結構的中常委聽了目瞪口呆。這位一九九三年才接任的年輕部長此番作為令輿論大為讚賞，但大家卻也不免擔心部長的安危。老先生說了：

「文天祥、岳飛死的時候才三十九歲，我兒活到現在（四十多歲）已經夠了。」

部長最後還是被迫辭職。回到家，他的家人也安慰他：

「這樣已經很不錯了。要是在古代，早就被砍頭了。」

一般認為，部長如此的堅持，是日後獲得眾多助力的主因

後記

二〇一二，大部分與壬辰年重疊，為了不增加大家的困擾，書名就以二〇一二來代替壬辰年；除了研究五行、五術的人會在意外，其他的人年年都是這麼過了，不太會計較西曆年和農曆年的起算時間。

天羅地網，本是紫微斗數的專有名詞，是描述命盤十二宮位中的兩個宮位的狀態，本書可說是因天羅地網而起，以命盤的角度去描寫眾星在天羅地網時是如何面對的，並提醒大家不要懷憂喪志，這樣的陰陽消長是有規律的，若能看清，趨吉避凶自不在話下。小說〈天羅地網〉共萬餘字，完成於二〇一二的三、四月間，沒讓更多人在天羅地網年（壬辰年）看到這篇，是我心中小小的遺憾。

另外，壬辰年除了是小說〈天羅地網〉的背景時間，三篇小說中寫到的新聞事件都是在壬辰年發生的，加上本書絕大部分完成於二〇一二，所以就以二〇一二為註記。往後，不論怎麼變化，都會告訴自己二〇一二發生了這些事，然後我寫了三篇小說……

國家圖書館出版品預行編目資料

二〇一二：與魔鬼的契約／關眴著. —初版.—
臺中市：白象文化，2018.9
面； 公分.——（說，故事；78）
ISBN 978-986-358-707-1（平裝）

857.63 107012135

說，故事（78）

二〇一二：與魔鬼的契約

作　　者　關眴
校　　對　關眴
專案主編　吳適意
出版編印　吳適意、林孟侃、陳逸儒、黃麗穎、林榮威
設計創意　張禮南、何佳諠
經銷推廣　李莉吟、莊博亞、劉育姍、李如玉
經紀企劃　張輝潭、洪怡欣、徐錦淳、黃姿虹
營運管理　林金郎、曾千熏
發 行 人　張輝潭
出版發行　白象文化事業有限公司
412台中市大里區科技路1號8樓之2（台中軟體園區）
出版專線：（04）2496-5995　傳真：（04）2496-9901
401台中市東區和平街228巷44號（經銷部）
購書專線：（04）2220-8589　傳真：（04）2220-8505
印　　刷　基盛印刷工場
初版一刷　2018 年 9 月
定　　價　200 元